البِطْرِيقُ يَسْتَكْشِفُ العالَمَ

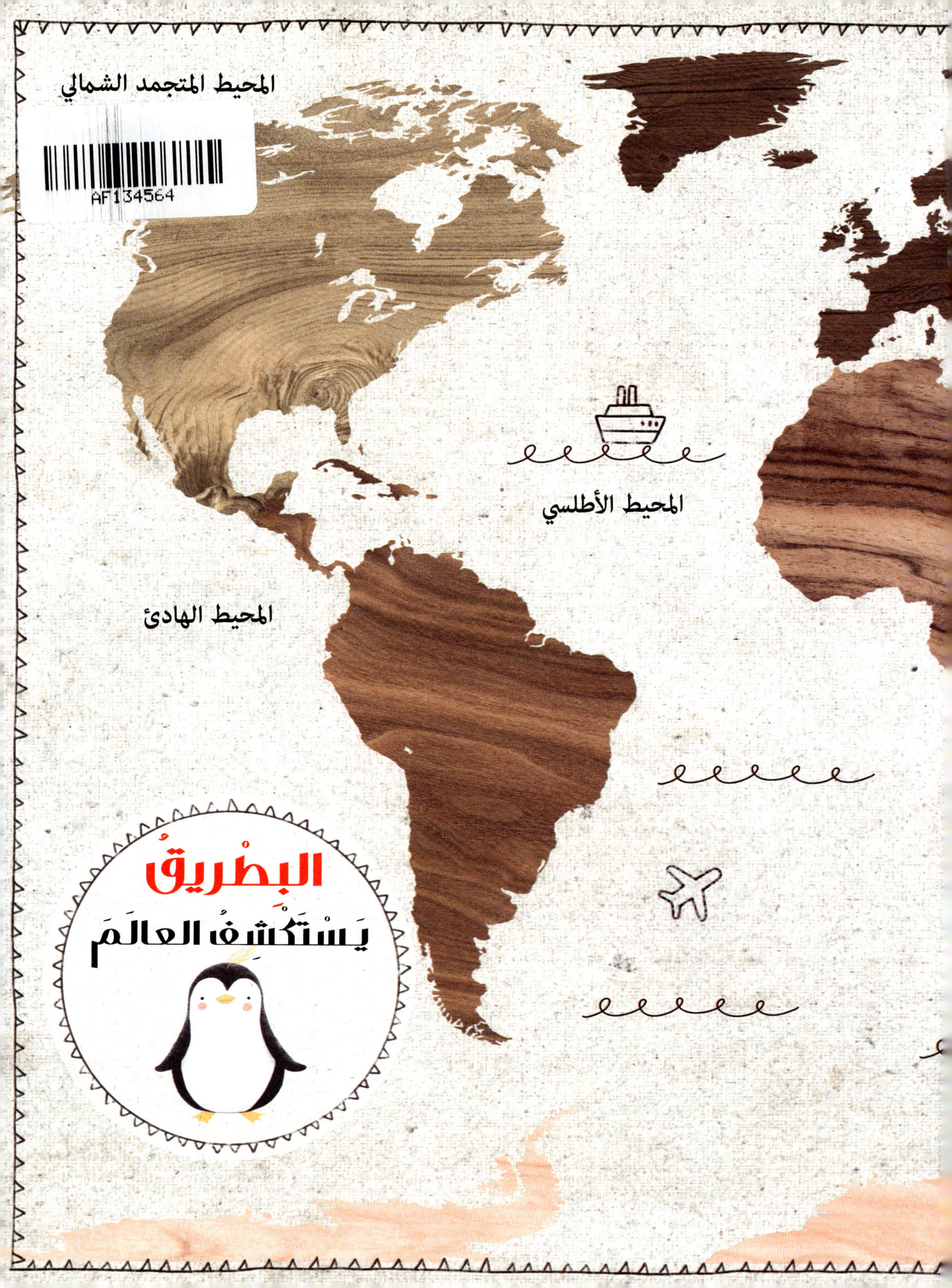

ارسمْ نفسَكَ هنا
اكتبْ اسمَكَ هنا
NEW ZEALAND
ARRIVAL
25 JULY
FRANCE
Arrivées
28/7
CANADA
BIENVENUE
JULY 30
U.S.A.
JULY 31st
E pluribus unum
IMMIGRATION
ENGLAND
HEATHROW
29th JULY
SOUTH AFRICA
ARRIVAL
2nd AUGUST
PERU
1st AUGUST
SALIDAS
AUSTRALIA
26 JULY
IMMIGRATION
CHINA
中国
JULY 27
DEPARTURE
CRAYON
جواز سفر
كوكب الأرض
RAINBOW
happy + vibrant

دار جامعة حمد بن خليفة للنشر
صندوق بريد 5825
الدوحة، دولة قطر

www.hbkupress.com

Original Title: Plume
Copyright text and illustrations © Tania McCartney 2021
Copyright concept and design © Hardie Grant Publishing 2021
First published in Australia by Hardie Grant Explore, an imprint of
Hardie Grant Publishing

جميع الحقوق محفوظة.

لا يجوز استخدام أو إعادة طباعة أي جزء من هذا الكتاب بأي طريقة دون الحصول على الموافقة الخطية من الناشر باستثناء حالة الاقتباسات المختصرة التي تتجسد في الدراسات النقدية أو المراجعات.

الطبعة العربية الأولى عام 2022

دار جامعة حمد بن خليفة للنشر

الترقيم الدولي: 9789927161278

تمت الطباعة في الدوحة-قطر.

مكتبة قطر الوطنية بيانات الفهرسة – أثناء – النشر (فان)

ماكارتني، تانيا، 1968- مؤلف.

[Plume]. Arabic

البطريق يستكشف العالم / تأليف ورسوم تانيا ماكارتني ؛ ترجمة ريما إسماعيل. - الطبعة العربية الأولى. - الدوحة، دولة قطر : دار جامعة حمد بن خليفة للنشر، 2022.

صفحة ؛ سم

تدمك 978-992-716-127-8

ترجمة لكتاب: Plume: global nibbler.

1. السفر -- قصص للأطفال. 2. قصص الأطفال الأسترالية -- المترجمات إلى العربية. 3. الكتب المصورة. أ. إسماعيل، ريما، مترجم. ب. العنوان.

PZ7.1. M37125 2020

823.92– dc23

20222850463x

البِطْريقُ
يَسْتَكْشِفُ العالَمَ

تأليف ورسوم: تانيا ماكارتني

ترجمة: ريما إسماعيل

دار جامعة حمد بن خليفة للنشر
HAMAD BIN KHALIFA UNIVERSITY PRESS

أُعرِّفكُمْ على **البطريقِ رِيش**.

لحظةً... قدْ تَصْعُبُ عليكم رؤيتُهُ.

فلنقرِّبِ الصُّورةَ.

هـمـمـم.

دعونا نقرِّبُ الصُّورةَ أكثرَ....

ولنجعلْ الكوكبَ يدورُ قليلًا أيضًا...

حسنًا، هكذا أفضلُ.

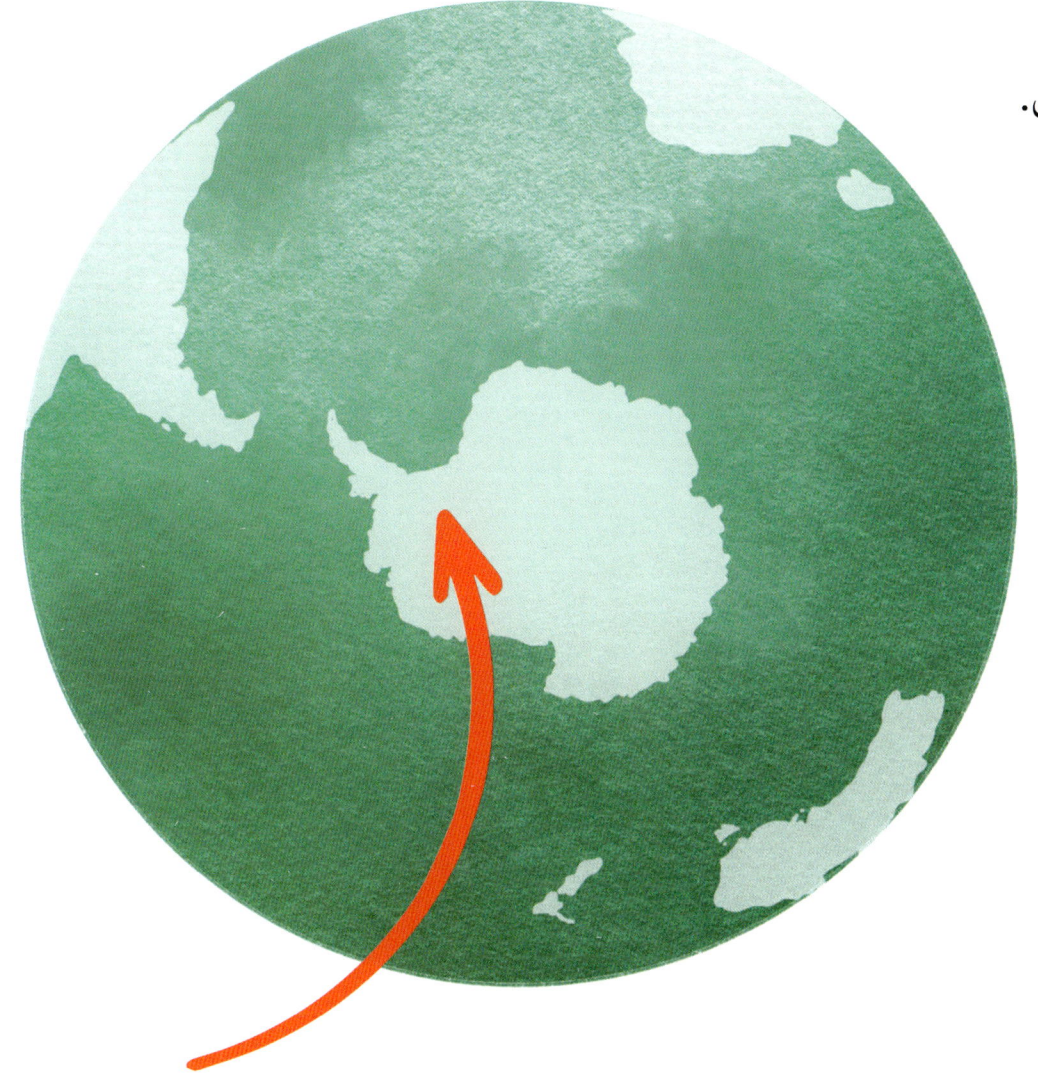

إنَّهُ هنا، في أقصى جنوبِ كوكبِنا.

إنها أكبرُ صحراءَ في العالَمِ، هلْ تعرفونَ اسمَها؟

القارة القطبية الجنوبية

إنها شاسعةٌ وشديدةُ البرودةِ، وكلُّ ما فيها يَبقى على حالِهِ.

السماءُ لا تتغيرُ، الغيومُ لا تتغيرُ، الجليدُ لا يتغيرُ.

تبدو حيواناتُ البطريقِ متشابهةً إلى حدٍّ كبيرٍ.

ما عدا واحدًا.

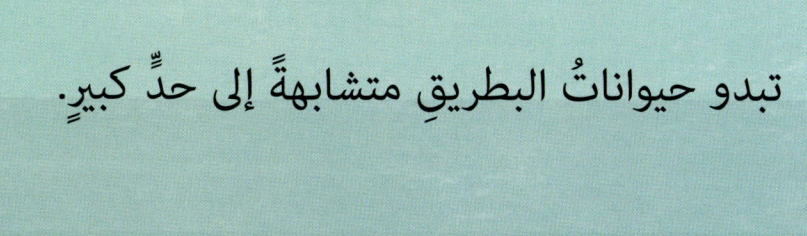

هذا هو رِيش.

رِيش **يختلفُ** قليلًا عن البطاريقِ الأخرى.

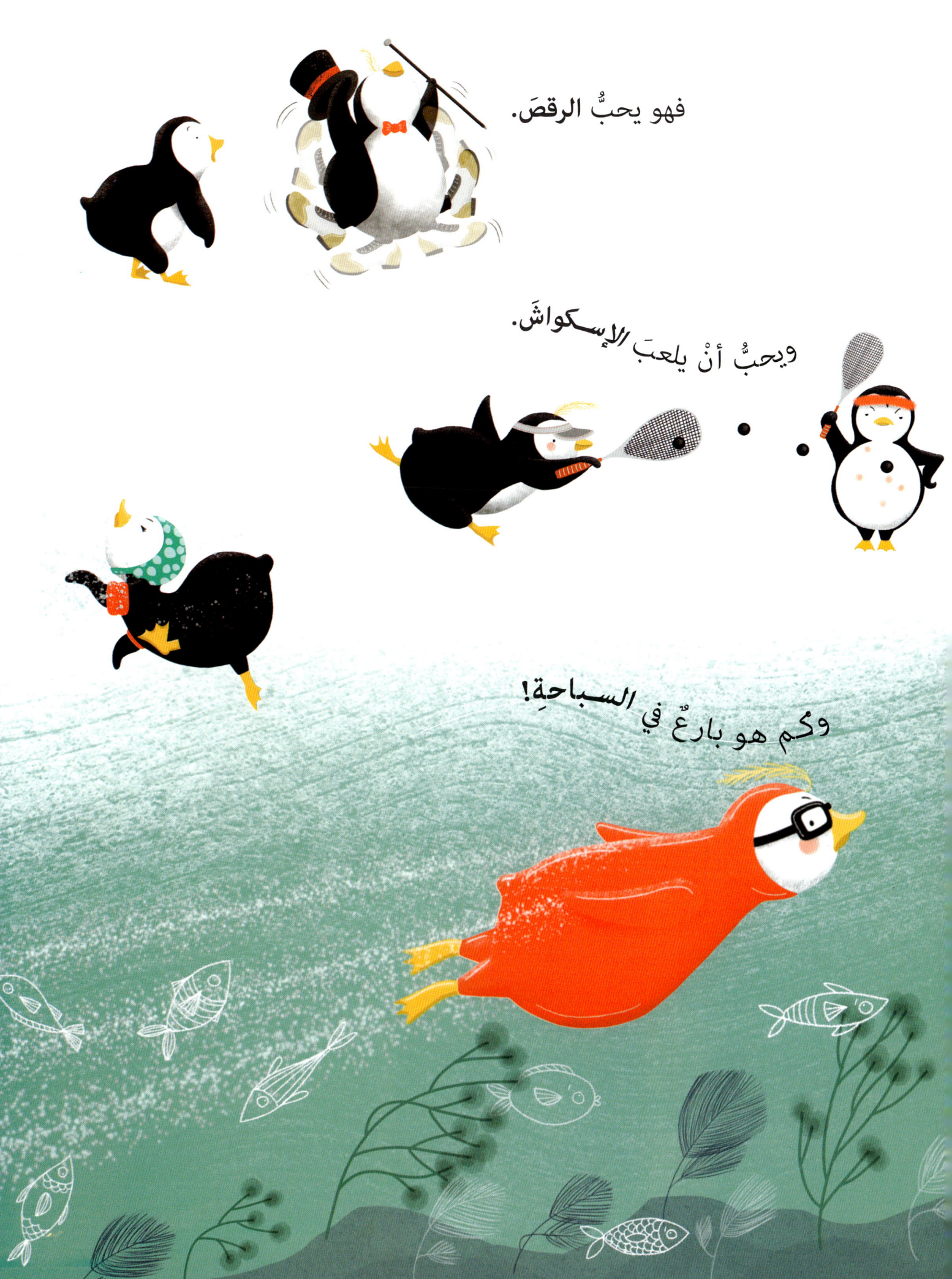

فهو يحبُّ الرقصَ.

ويحبُّ أنْ يلعبَ الإسكواشَ.

وكم هو بارعٌ في السباحةِ!

ويحبُّ القفزَ **بالمظلةِ.**

ويهوى **الطبخَ** كثيراً...

والحياكةَ أيضًا.

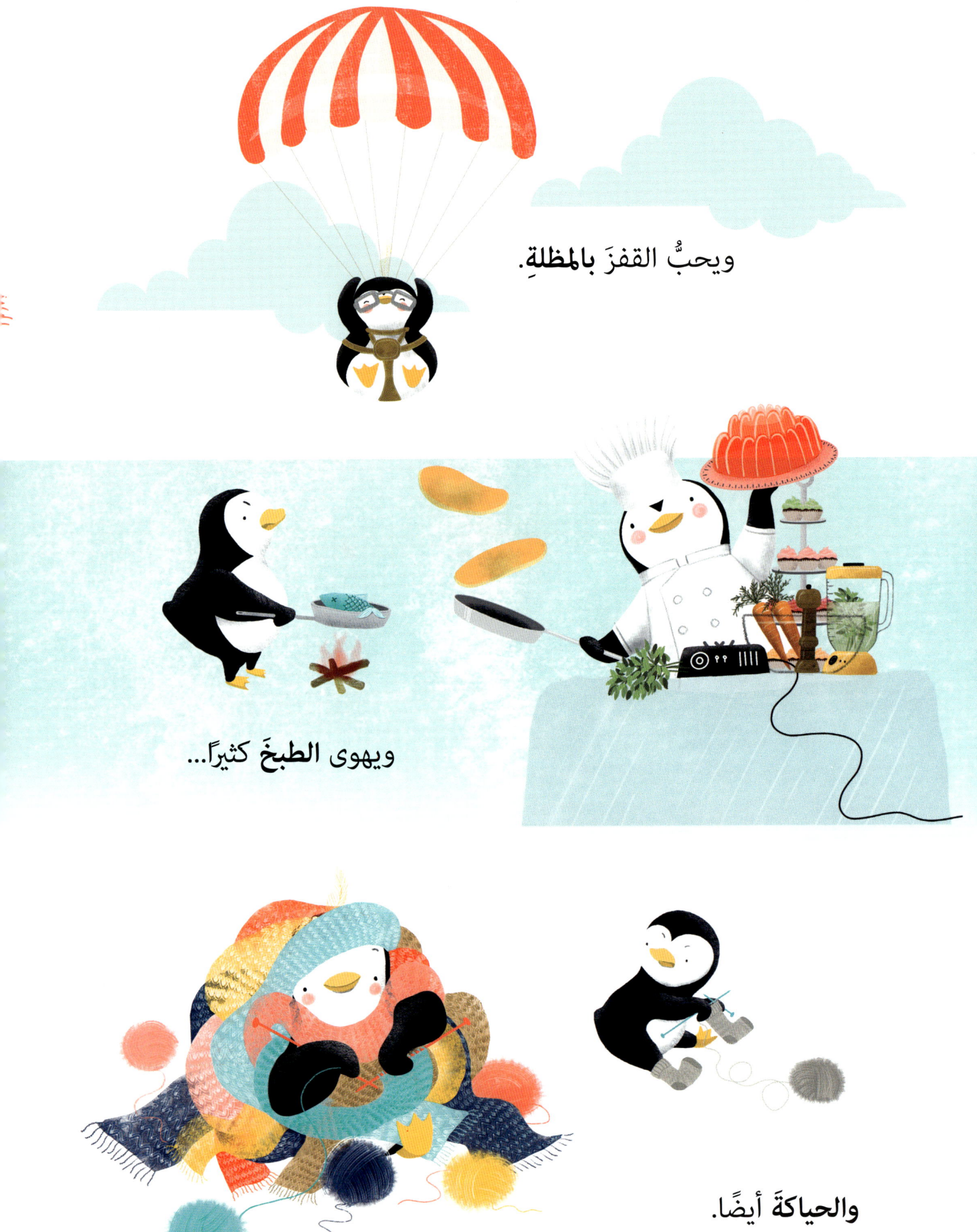

ويحبُّ التلوينَ.

ويبدو في غايةِ الأناقةِ حينَ يرتدي بذلةً.

وكمْ هو مولعٌ بالقراءةِ. يا لَلبراعةِ، إنَّه يقرأُ ويقرأُ...

المكتبة

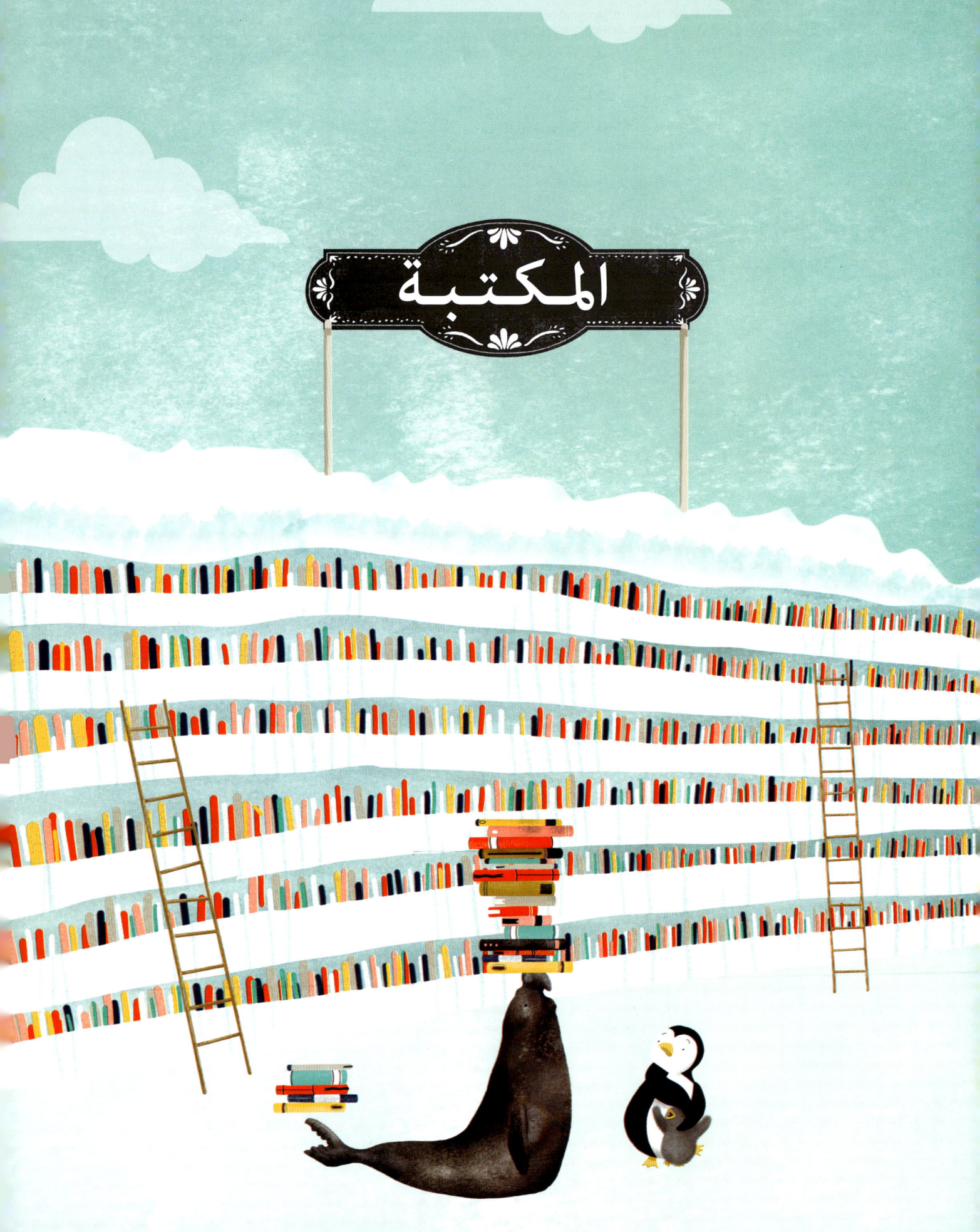

ويقرأُ.

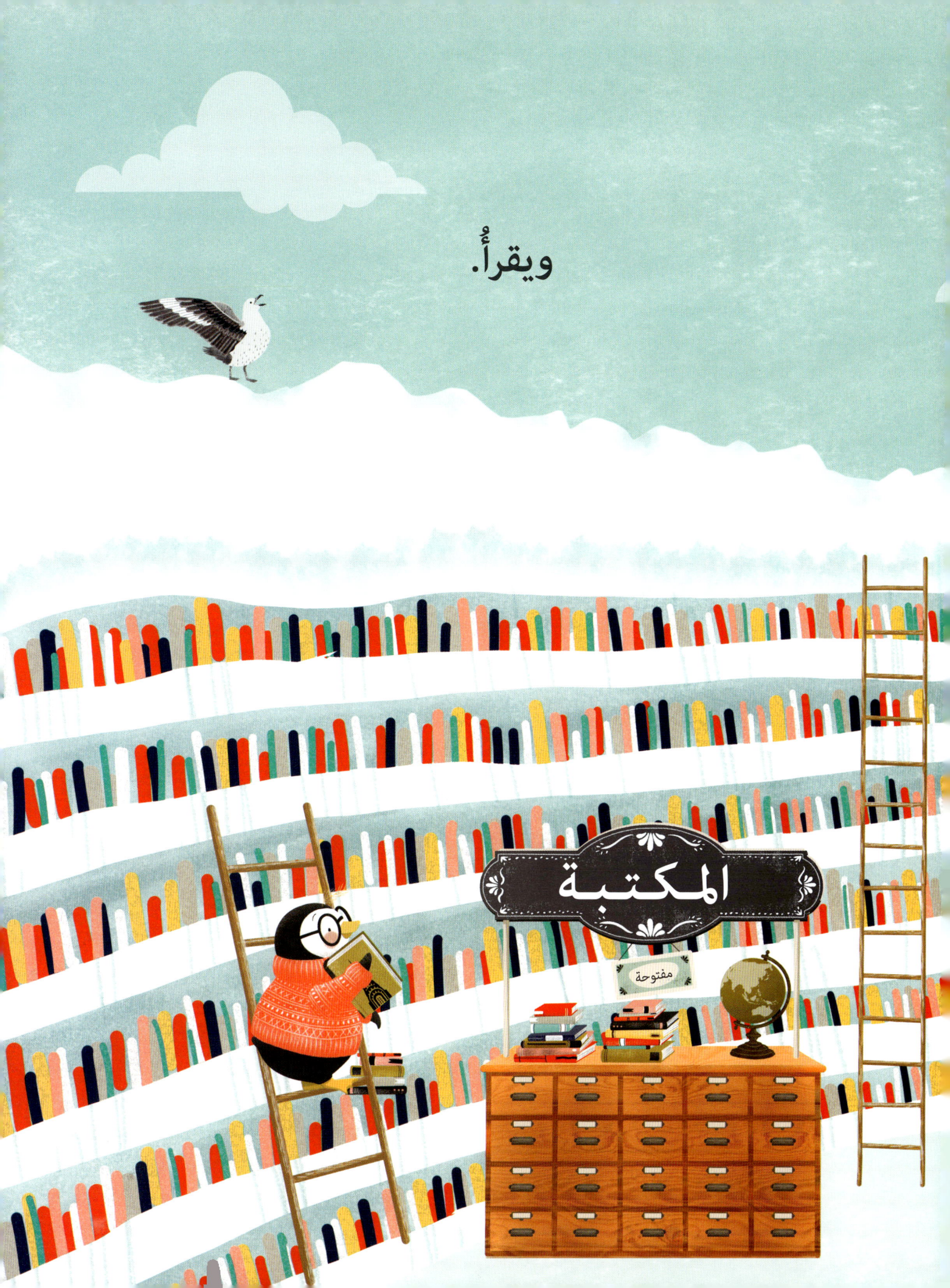

يحلِّقُ رِيش عبرَ صفحاتِ الكتبِ بعيدًا، ويزورُ أماكنَ كثيرةً.

فيغطسُ في البحارِ **العميقةِ** بحثًا عنِ الكنوزِ.

ويتسلَّقُ الجبالَ **العاليةَ** حتى يلامسَ السماءَ.

ويشعرُ بأنَّه **عملاقٌ** أحيانًا.

وبأنَّه **صغيرٌ** جدًّا أحيانًا أخرى.

يستطيعُ رِيش أن يتعرَّفَ على أصدقاءَ جددٍ، في كلِّ مكانٍ يذهبُ إليْهِ...
ويكتشفَ عالمًا من أقواسِ قُزَحَ.

وعندما يغلقُ رِيش الكتابَ،
يعودُ إلى **موطنِهِ**.

ولكنَّ الموطنَ قد يكونُ مكانًا **منعزلًا** وموحشًا.

ولذلك أطلقَ رِيش العنانَ **لإبداعِهِ**.

صنعَ **آيس كريم** يُرضي كلَّ الأذواقِ!

وعرَضَ **البهاراتِ** منْ كلِّ الأنواعِ.

وعزَفَ **الموسيقى** وأطربَ المستمعين.

حقًّا، إنَّ البطريقَ رِيش **مختلفٌ** قليلًا عنِ البطاريقِ الأخرى.

في كلِّ يومِ أربعاءَ، يصلُ **القطرسُ** إلى القطبِ الجنوبيِّ، عندَ الساعةِ الثالثةِ والربعِ تمامًا.

يهوى رِيش طلبَ **الكنوزِ** منْ كلِّ أقطارِ العالَمِ. فيجلبُ لهُ القطرسُ الكتبَ في أغلبِ الأوقاتِ، ولكنَّه اليومَ حملَ لهُ...

الشايَ من **الصينِ**.

وأقلامَ التلوينِ من **الولاياتِ المتحدةِ الأميركيةِ**.

وحلوى المافن من **إنجلترا**.

وصندلًا من **نيوزيلاندا**.

يسافرُ القطرسُ حولَ العالمِ، كيْ ينقلَ البريدَ السريعَ. وكلما زارَ القطرسُ البطريقَ رِيش، يجلسانِ معًا، ويتناولانِ كوبًا منَ الشايِ عندَ العصرِ.

وبعدَ أن يجهِّزَ رِيش إبريقَ الشايِ، يجلسُ ليستمعَ إلى حكاياتِ القطرسِ عنِ البلادِ البعيدةِ...

هناكَ حيثُ يذوبُ الآيس كريم،

وتعيشُ **الوحوشُ** في البحيراتِ،

وتكتسي الطيورُ بريشِها الورديِّ الجميلِ.

وعندما يحينُ وقتُ مغادرةِ القطرسِ،
يجلسُ رِيش على الجليدِ.

ويراقبُ صديقَه وهو يستعدُّ للتحليقِ.

كم كانَ يرغَبُ في أن يطيرَ ويحلِّقَ أيضًا.

استيقظَ رِيش مبكرًا اليومَ، قبلَ طلوعِ الشمسِ.

وطلبَ **شيئًا خاصًّا** من بريدِ القطرسِ السريعِ. لكنَّه اختارَ هذه المرةَ، أن يتسلمَ الطلبَ في اليومِ ذاتِه.

كانَ في غايةِ الحماسِ.

وصلَ القطرسُ عندَ الساعةِ الثالثةِ والربعِ تمامًا. كانَ متعجِّلًا جدًّا، فما تزالُ لديْه طلباتٌ كثيرةٌ لتسليمِها.

أخذَ رِيش أنبوبًا من سلَّةِ البريدِ. وكانَ يعلمُ أنَّ ما فيه سيتركُ أثرًا **مميزًا** على حياتِه.

فتحَ البطريقُ رِيش الأنبوبَ...

... وانفتحتْ خارطةُ العالَمِ أمامَه.

المحيط المتجمد الشمالي
المحيط المتجمد الشمالي
المحيط الهادئ
المحيط الأطلسي
المحيط الهندي
المحيط الهادئ
المحيط المتجمد الجنوبي
موطني
أنت هنا

يا لَلسعادةِ والمرحِ!!!
بريدُ القطرسِ السريعُ

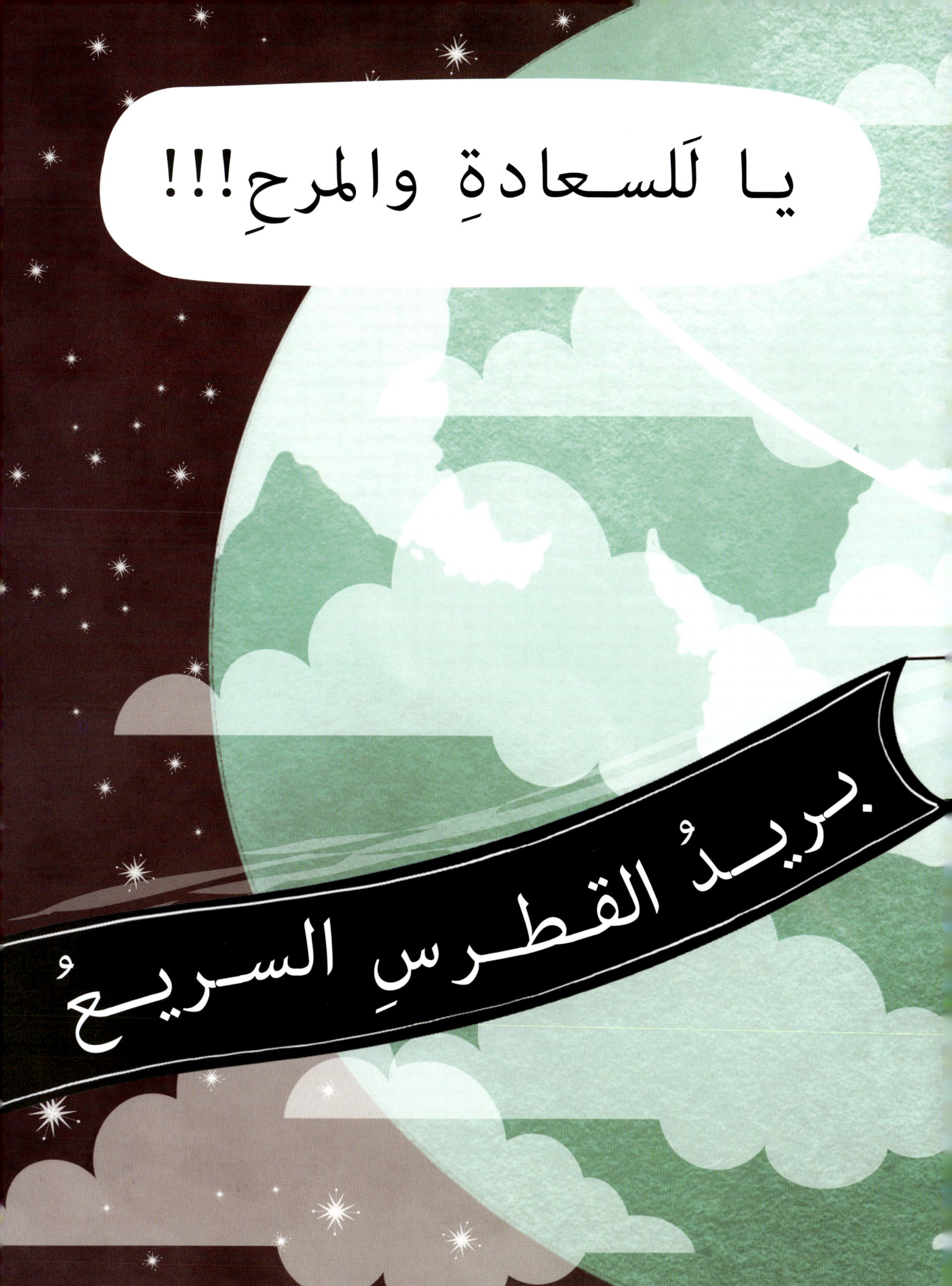

استعدَّ القطرسُ ليحطَّ على الأرضِ،
ولكنَّ البطريقَ رِيش كانَ يستعجلُ الوصولَ.

المحطة الأولى!

ها هو يغطسُ عميقًا بحثًا عنِ الكنزِ.

ساعدَ القطرسُ البطريقَ رِيش في الوصولِ إلى نيوزيلندا، وبدتْ لهما مثلَ **غيمةٍ ممتدةٍ بيضاءَ.**

زارَ رِيش مايا في منزلِها عندَ جبلِ أوراكي. وساعدَته في العثورِ على نباتاتِ السرخسِ بينَ **الغيومِ.** وبعد ذلك، جلسا معًا لتناولِ شرابٍ مثلجٍ.

امتلأَ قلبُ رِيش بالسعادةِ، **وطارَ** من الفرحِ حتى لامسَ السماءَ.

وسطَ **صحراءِ** أستراليا، سلَّمَ القطرسُ طلباتِ البريدِ.
ونجحَ إيدي في تعليمِ رِيش قواعدَ كرةِ القدمِ الأستراليةِ.

وساعدَ الصديقان إيدي في
حفرِ التربةِ، بحثًا عن **طعامِه**
المفضلِ: إنَّه نملُ العسلِ
ويُسمى "تجالا" بلغةِ "أنانغو"
أي السكانِ الأصليين.

ثُم انتقلا إلى المحطةِ التاليةِ: الصينِ.

وزارا **سورَ الصينِ العظيمَ**.

NI HAO!
(كيف الحال!)

واصطحبتْ بينغ البطريقَ رِيش في رحلةٍ إلى مناطقَ قديمةٍ. ثم دعتْهُ إلى العشاءِ، وقدمتْ له طبقَ معجناتٍ، تُسمى «جياوزي» باللغةِ الصينيةِ.

ومع اتساعِ البلادِ وضخامةِ معالمِها، شعرَ البطريقُ رِيش بأنَّه **صغيرٌ**.

حلَّقَ القطرسُ في سماءِ فرنسا، وحطَّ في باريسَ؛ مدينةِ الأنوارِ. كانَ رِيش في غايةِ **السعادةِ والحماسِ.**

أهلا بكم في باريسَ!
BONJOUR!
(صباح الخيرِ!)

قدَّمَ لهُ لوسيان شرابَ الشوكولاتةِ الساخنةِ.
يا لهذا الشرابِ اللذيذِ!
لمْ يشعرْ رِيش بهذا القدرِ منَ **المتعةِ** منْ قبلُ!

وفي العاصمةِ البريطانيةِ، تقابلَ البطريقُ رِيش معَ جاسميندر عندَ برجِ لندنَ. واستقلَّا معًا حافلةً منْ طابقينِ، وشاهدا منْ أعلى أجملَ **المعالمِ** في المدينةِ.

بعدَ الظهرِ، تناولَ رِيش وجاسيمندر الشايَ بالتوابلِ، واستمتعا بما لذَّ **وطابَ** من الحلوياتِ.

SHÉ:KON!
(مرحبًا!)

وفي كندا، بلادِ الثلجِ الناصع،
رحَّبَتْ أوجيستاه بالبطريقِ رِيش
في موطنِها الأصليِّ "كانيين كيها:كا"،
وجعلتْهُ يشعرُ وكأنَّه في **موطنِه**.

وقدَّمتْ له شرابَ القَيْقَبِ
الحلوَ، بعدَ أن **سكبَتْهُ** على
أعوادِ الثلجِ.

وصوَّرَ رِيش بِعَدَسةِ
الكاميرا كلَّ اللحظاتِ
الممتعةِ هذهِ.

وفي الولاياتِ المتحدةِ الأمريكيةِ، تعرَّفَ البطريقُ رِيش على هايميش في مدينةِ نيويوركَ، المعروفةِ باسمِ "**التفاحةِ الكبيرةِ**". وأصابتْهُ الدهشةُ حينَ رأى جنسياتٍ عديدةً في مكانٍ واحدٍ.

ولمَّا حانَ وقتُ الغداءِ، تناولَ رِيش النقانقَ معَ **الصلصاتِ** المُضافةِ!

أرشدَ صولُ البطريقَ رِيش إلى **أعالي جبالِ** البيرو، حيثُ تلتقي الأرضُ بالسماءِ.
ومنَ اللافتاتِ فوقَ المرتفعاتِ، عرفَ رِيش اتجاهَ موطنِهِ.

¿CÓMO ESTÁS?
(كيف حالك؟)

قرمشَ الصديقانِ رقائقَ البطاطا الحلوةَ في أثناءِ سيرِهِما، وتعلَّمَ رِيش من صولَ **دحرجةَ** الكرةِ.

وسلَّمَ القطرسُ طلبَ البريدِ الأخيرَ في مدينةِ كيب تاون في جنوبِ إفريقيا. كانَ سيا في استقبالِ رِيش، ورحَّبَ به عبْرَ رقصةِ غامبوت، فأتقنَها رِيش بسرعةٍ.

SOUTH AFRICA
The Rainbow Nation
SHARP SHARP!
(رائعٌ! رائعٌ!)
STOMP

وبعدَ الرقصِ، تناولَ الصديقانِ المشمشَ المجففَ بأشعةِ الشمسِ.

وفي طريقِ عودتِه إلى القطبِ الجنوبيِّ، شعرَ رِيش بأنَّ قلبَه يشعُّ فرحًا وسعادةً. جهَّزَ القطرسُ نفسَه للهبوطِ، ولكنَّ البطريقَ رِيش كانَ يستعجلُ الوصولَ.

يريدُ أن يحكيَ لأصحابِه عنِ البلدانِ البعيدةِ التي زارَها.

وكيفَ غطسَ **عميقًا** في البحارِ بحثًا عنِ الكنزِ.

وكيفَ تسلَّقَ **الأعالي** ولامسَ السماءَ.

وكيفَ شعرَ بأنَّه عملاقٌ وبأنَّه **صغيرٌ** جدًّا.

والأفضلُ منْ كلِّ ذلكَ،

كيفَ اكتشفَ **عالَمَ أقواسِ قُزَحَ**.

كانتِ البطاريقُ دائمًا ترى الحياةَ **بالأبيضِ والأسودِ.**
ولمْ تشاهدْ قوسَ قُزَحَ منْ قبلُ، مثلَما وصفَهُ رِيش.

أحضرَ رِيش أقلامًا... وأخذَ يعلِّم أصدقاءَه كيفيةَ **التلوينِ.**

كانَ يأملُ أن تتعلمَ البطاريقُ رسمَ أقواسِ قُزَحَ.
لكنَّ ذلكَ قدْ يستغرقُ بعضَ الوقتِ.

وضَّبَ القطرسُ سلَّتَهُ؛ فعليْهِ أن يغادرَ كيْ يجهِّزَ طلباتِ التوصيلِ طوالَ اليومِ.
كانَ على وشكِ الانطلاقِ، لكنَّه توقفَ فجأةً.
نظرَ إلى رِيش.
وابتسمَ.

هـلْ نلتقـي غدًا
في الموعـدِ نفسِـه؟
ON TOURS

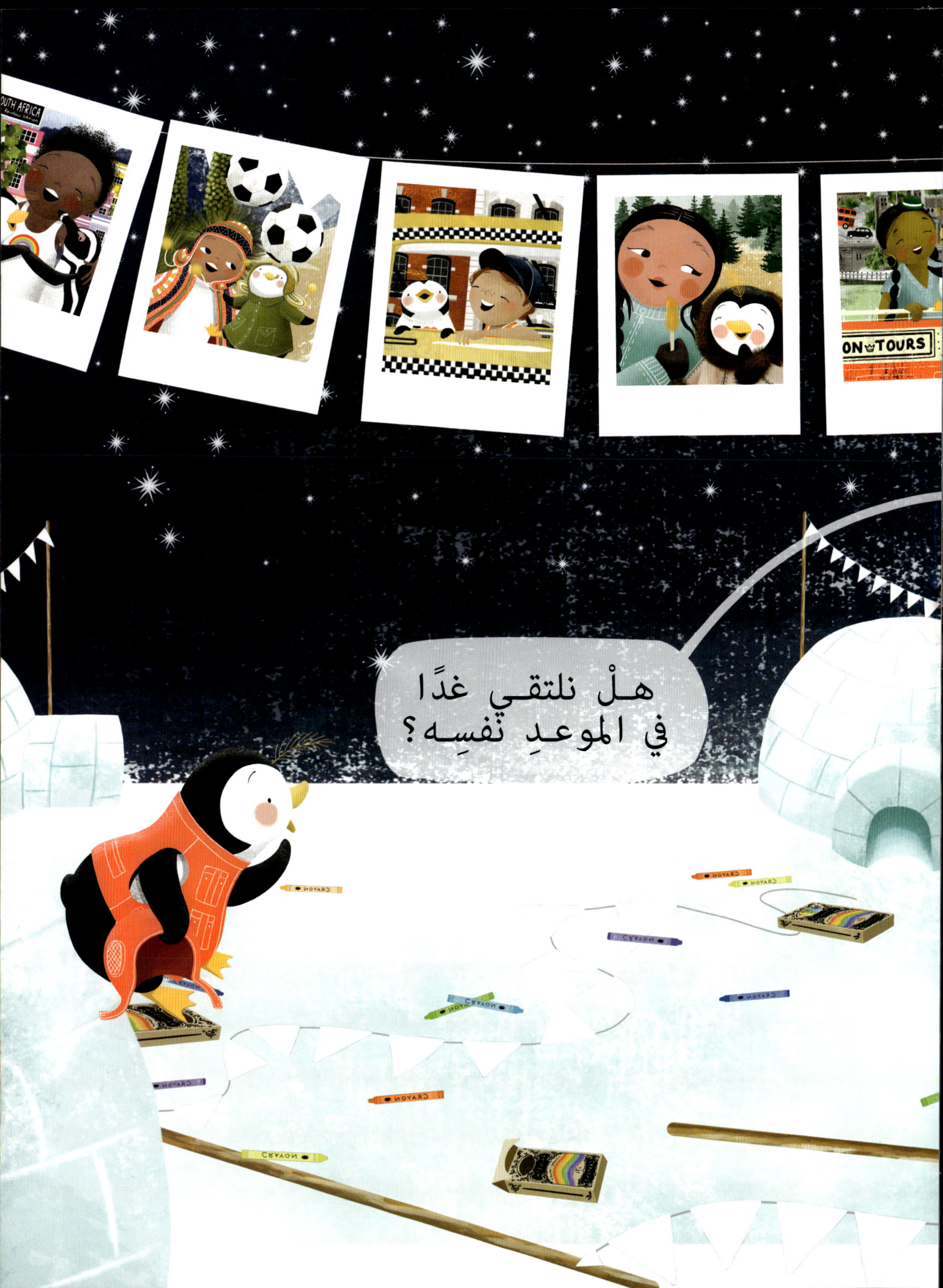

CRAYON
CRAYON
CRAYON
CRAYON
CRAYON

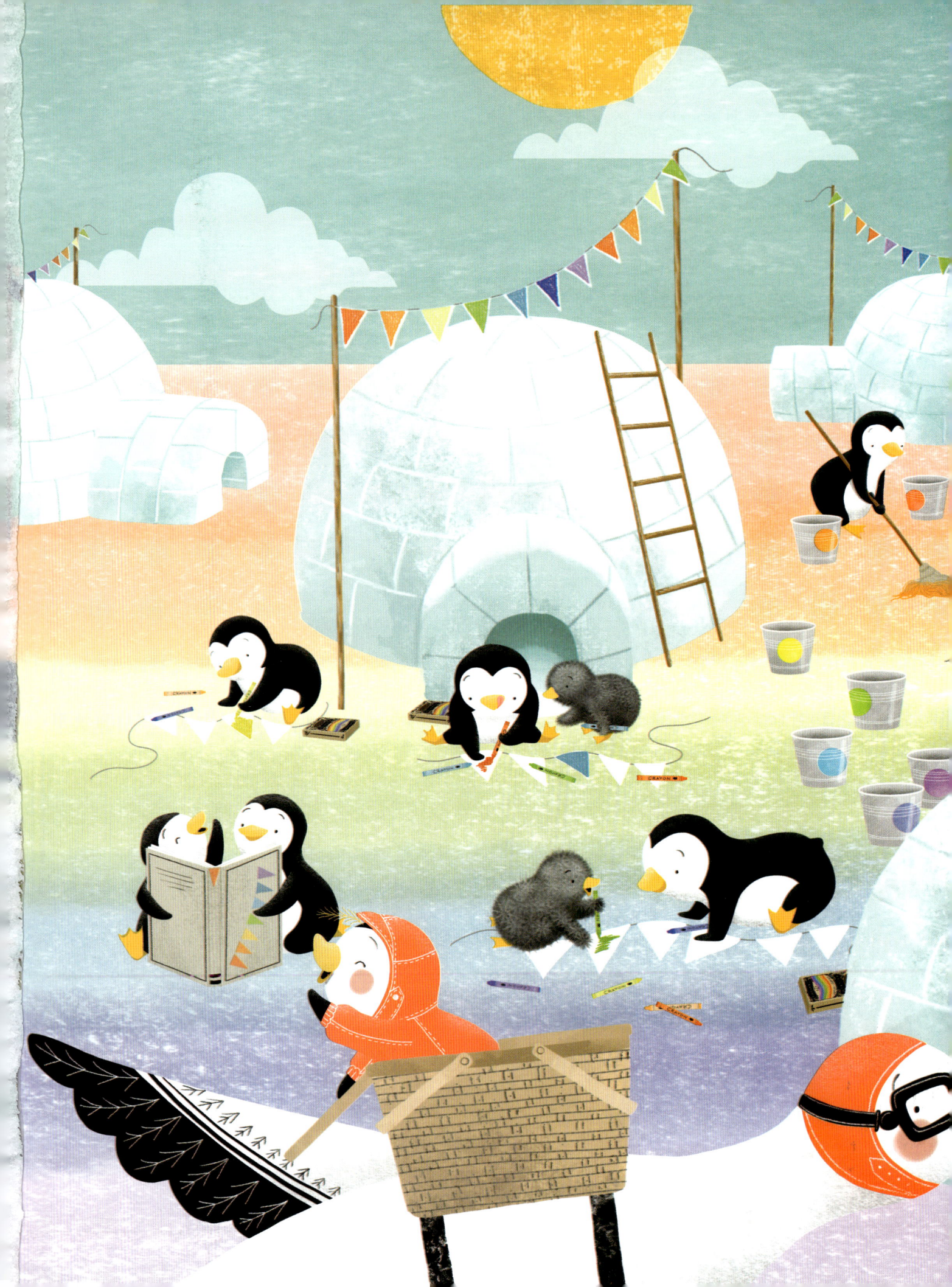

المكتبة
المكتبة
مفتوحة

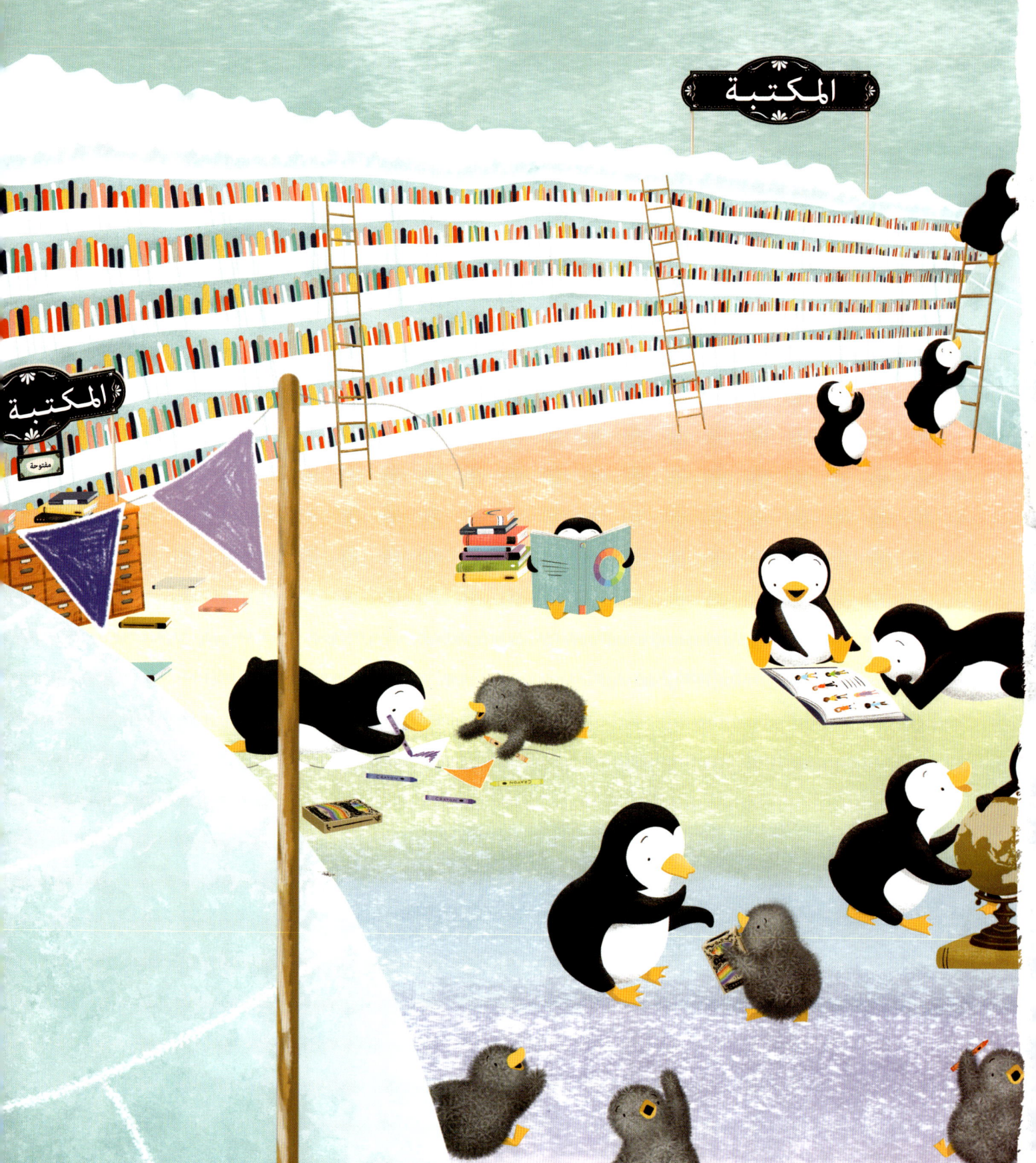

المكتبة